虹のような日

見上 司 詩集
Mikami Tsukasa

土曜美術社出版販売

詩集　虹のような日

自序

十歳の万葉《かずは》がどこかから貰ってきた
ぶんぶんを　七十六歳の
父が回している

そばに来て　所在のなさに
万葉も回している

だれもいなくなった日あたりで
わたしも　回している

（「春日《はるひ》」）

このきわめて個人的な感慨を詩と呼べるだろうか。あわく拙い表現を。そぼくで無作為な嘆息を。……だが、ここに言いつくすことのならない、私の人生にかんする万感の想いがあり、限りない愛惜がある。私は言葉の前で逡巡する。詩とは何か。

桜よ、私はあといくたびおまえを見るだろう。父は、あといくたび桜を見るだろう。祖母は九十を過ぎ、父は八十を前にし、母も今年七十となった。祖母はあといくたび桜を見るだろう。母はあといくたび桜を見るだろう。私たちは、ともにあといくたび桜を見るだろう。

私はあといくたび桜を見るだろう。そしてあといくつ詩を書くだろう。あと幾冊の本を読むだろう。ものごとの回数を重ねるだけ残りの回数は減っていく。回数券は無限ではない。ジョバンニが手にした切符は現実にはない。永久無限の銀河鉄道の切符は、本当にはない。旅には終わりがあり、ものごとには限りがあり、むろん人の一生には最期がある。

小さな万葉の手を引いて歩くこともあといくたびあるか。野球をおぼえキャッチボールを始めたが、いつか私とはしなくなるときがくるだろう、父と私がそうだったように。

一人わびしく百貨店のすみの食堂で、ラーメンをすすりながら、うつむきながら涙をこぼしながら考えた。

しかし私は思い出すだろう。父と母と、妻と菜乃花《なのか》と万葉と祖母と、桜を見たことを。いくつもの場所、いくつもの場面、いくつもの風景の中で。八郎湖の水辺、檜木内川《ひのきない》堤、千秋《せんしゅう》公園の坂道、君待ち坂の長い陸橋、小学校の裏手、多宝院《たほういん》のしだれ桜、大潟村の菜の花の一本道。

……元気だった父と母、達者だった祖母。

若かった私と妻と、幼かった菜乃花と万葉。

去年の私たち、二年前の私たち、その前の私たち、…

（「詩のノート」断片から）

人知れぬ努力、人知れぬ苦渋、人知れぬ愛慕……そうした誰の目にも見えず、ひそかに埋もれて消えていったものを、私らは一体どのくらいもっているのだろうか。また、人類はどのくらい繰り返し経験してきたのだろうか。私らはそうした果てしない徒労の海を来る日も来る日も航海し続ける、あわれな小舟にすぎない気がする。この世はまったく残酷であり、言いしれぬ理不尽で満ちている。生きることとは、その理不尽を強いて生きることではないかと思われる。

詩は、そうした悲しい暗黙から、こらえきれずに振り絞った人類の一声《いっせい》である。絶えない闇からほとばしり出たひとすじの光芒。その比喩や寓喩や、さらに、その陰翳のようなもの……。

詩を書くという行為は人間の人間たる深い根源に根ざした悲しくも美しい営為と思う。私はそれを「愛惜」と呼んでいる。

詩を楽しむということは、生きることと死ぬことの悲しみを滋味ふかく味わうことと思う。それは涙ぐましい、やさしく清《すが》しい諦めのなかで。そう、それは決して徒労ではないと、自分自身に答え、何度も嚙みしめることだ。そうではないだろうか。

二〇二三年　初夏

目次

I

星を探す

II

III

Ⅳ

序詩

永遠の詩

ながい　ながい
とほうにくれるほど　ながい詩を
書いていた気がする
それは終わりのない詩だ

だれにむけて書いたのでない
けれども　世界じゅうのだれにも
書いたのだ
こどもやおとな

元気なひと死にゆくひと
犬や蛙やすすきの穂
森のかんばの地衣そう類
はりめぐる根のせん毛とバクテリア
河原の小石や
海にしずんだ貝がらや
平壌の工場《こうば》の一つのボルトナット
ヒマラヤのふもとの学校の少年が
だいじに抱えた　みずいろのファイル
ヤクーツクの混血の少女が
ペンケースにしのばせた
お気にいりのクマのポストイット
いわば会ったことのない
会うこともない　すべてのものたちだ

そういうものにむけて書いたのだ
そう　それはぼくの最後の詩だ

ああ永遠の雪けぶりのなか
ぼくは走る
さむいのに胸は真っ赤に燃えている
あこがれや希望や情熱だ
だれかをおもう　愛のこころだ
ちっぽけで　ささやかだったとしても
愛された記憶が
未来を切りひらくちからの原動だ

ああ黒い雲が
くらい林のうえを駆けていく

その切れ間に　みずいろの
とおく欣求する
空がある
その空のふかさのごとく
ぼくにはまだ
書きえないでいる　書きかけの
永遠の　詩がある

I　星を探す

星を探す

――プラネット9《ナイン》に――

星を探してるんだ　寝静まった
夜更けの町を出て　北の田舎の古い道を歩き
海が見える丘へのぼるんだ　目が眩むような
真夏の夜天から散る　流れ星　流れ星　流れ星

地球は　ほんのすこし傾《かし》いでいる
それゆえ季節が　地表を照らして過ぎていく
僕の町も　重なり連なる断層の上にあり

その巨きなズレの上に　僕らの生活がある

宇宙はゆがみ　ひずんでいる
それゆえ絶えず微動し　顫《ふる》えている　まるで
日暮れや夜中でも　ツユクサが濡れて
絶え間なく何かに揺らいでいるように

死んだらどこへ行くのかな　僕らは
数え切れない過去の失くし物をずっと探しつづけている
なぜなら　あすこではあんなにあざやかに見えたものが
ここではすこしも見えないから

宇宙は全体が　だれにも見えない
感じることもできない　粒子で満ちているらしい

それが距離から時間を作り出し　僕らは夢をみる
新たな元素　新種のサルやウミウシ　未知のバクテリア

とおいとおいオールトの雲の彼方から
数万年かけてまわる巨大な惑星があるらしい
彼岸というものが　昔の仏が考えだした
壮大な比喩だとしたら

本当はどうにも救いようもないものを　かれは
救うとか救われるとか　言葉にしたのだろう
その悲しく儚い　そして無辺に優しい所為のごとく
比喩のごとくに　星を探している

クラゲの話

これは隣に座っていた
わかい理科の先生から聞いた話なのだが
二年前まで彼女たちは大学でクラゲの研究をしていて
十センチのグリフィンビーカーの中で十数匹ずつクラゲを飼っていた
中の一匹が病気に罹ると
――それは軀がサクラの花のような色に変わり
やがて形が崩れて溶けてしまうらしい――
病気は
他の一匹　また一匹　次の一匹……と伝染《うつ》るようで

しまいには全員ピンクになって水に溶けていってしまうのだ
と言う
彼女たちは　それを「謎の病気」と呼んでいて
原因はよく分からない
ウイルスで伝染するのか
ストレス性のホルモン異常なのか
結局分からなかったけれど
事実　そうしたことはあった
と言う

ぼくは
クラゲのいなくなった
静かなグリフィンビーカーを思い
クラゲが溶けてってしまった　水を思い

その死を思い
はてしない　海を思う
気が遠くなるほど　ぼうばくとした
深い深い　青い海の中で
だれにも知られず繰り返されている　死と
生と
その悲しさにも似た
あわれだけれど　どこか間がぬけておかしげな　途方もない
六億年の
毎日の　昼と夜と朝の
ユーモレスク

海の歌

——オキナワの少年に——

少年よ　本はすきか
わたしはすきだ

わたしは　本ずきな少年だった
いまのきみとおなじく
放課後の図書室で
ひとりひっそりと
詩の本を

だれもひらいたことのない
白っぽいページを
ひらいて見るのがすきだった

そこには見たことがない
南の海や港や
西洋ふうの石づくりの町なみが
あかるい太陽の下に　ひらけていた
わたしはみしらぬひとたちとすれちがい
会ったことのない少女のことをおもった

少年よ
複雑な数式をときながら
あつい科学の本を手にしたきみは

かつてのわたしのようだ
きみにはとおい未来があり
きみの孤独はこの図書室から
世界に果てなくつながっている

プールの水面《みなも》が風にゆれている
運動場からさざめく生徒たちの
声が聞こえる
それにヘリコプターの旋回音が混じる
もうオキナワは夏だ
すべての音にかさなりながら
海の音が聞こえるようだ
永遠に　ゆったりと
めぐりくる夏

だれもいない　教室に
チャイムが鳴る

5350

娘の運転する中古の軽自動車に
家族四人で乗っていく
助手席に息子がすわり
妻と僕は後部座席にすわり
八郎潟駅まで乗っていく

家を出てすぐY字路を左折し
左手にビニルハウスと減反の空豆ばたけを見ながら
製材所わきの踏切をわたる

カラスのフンだらけの防雪林前をすぎて
小学校の桜並木をとおり
本町通りのせまい旧国道にぬける
事故のおおいT字路を右折して
国道7号線に突きあたり　左折すると
いつものガソリンスタンド
いつもの銀行　いつものコンビニ
いつもの地元スーパー
町にたったふたつの信号機
自動車整備の色あせたカンバン
紡績工場のあかい英文字
あとはしばらく田圃がつづき　畦道に蕗のとう
春の青草　あれはたしか踊り子草
この道はかるく上りで　ゆるい左カーブ

それからまっすぐまっすぐ
左手に　ずっと前に
亡くなったひいばあさんとおじいちゃんと
おばあちゃんと七人で食べにいった
町一軒のレストラン
右手にあおく男鹿の連山
行く手にとおくめずらしく鳥海山がくっきり見える

この道は　おじいちゃんを病院につれていった道
おまえたちを乗せて塾にかよった道
この道をたぶん何百回もとおったけれど
この風景ははじめての景色
前に運転している菜乃花《なのか》と
となりに万葉《かずは》

そのうしろに妻と僕

めぐる春　もうじき桜も満開になるだろう
野の花　野の草　きいろい菜の花
そしてかぞえきれない青葉がしげるだろう
人類におとずれる無数の春　かぞえきれない無数の朝
そのなかの　たった一つの
春の　朝の道

恒河沙《ごうがしゃ》の話

――アイソン彗星に――

きみは太陽をめざして　ひた駆けた
あこがれのごとく　愛のごとく

数十万年
気のとおくなるような無言と
瞑想のはて
未明の太陽に　くだけて散った
みているまもなく

あっけなく

消滅のとき　問いかけた
ああ　この無量の渡航は
むなしい迷妄だったのですか

闇にむかって
わたくしはこたえる
きみの捨身は　けだかく
この上もなく　うつくしかったと

たとえば人類や　生命のれきしが
はてない徒労ではなく
わたくしたちの一日一日

一刻一刻の営為にも
ささやかな意味のひかりがあり

たとえば　一人のにんげんの死が
ほんとうの無ではなく
むねにいつまでも　おぼろにとぼる
なつかしい光芒となるように

それにしても　きみが生まれて
帰るはずだった
オールトの雲とは
まるで瑠璃光浄土の
すがしいメタファーではないか

パンドラ

未来はかがやきに満ちている　とか
努力はかならず報われる　とか
なんども　言葉にしてきたけれど
ほんとうは　多分そうだとはかぎらない

たとえばパンドラの話を知っているか
パンドラがあけた箱から
数おおくの災いがとびだした神話を
私は心のどこかで信じずにいられない

「争い」「病気」「憎しみ」「犯罪」「貧困」
「悲しみ」「欺瞞」「不運」「破滅」「死」……
そうした不幸が
世のなかから無くなった　ためしはない

だけれども
やはり私は　この話を信じる

パンドラがはこをとじ　ぼうぜんとした　そのとき、
すみっこでちいさな声が　かぼそくささやいた。
「あけてください。
わたしは、『きぼう』です。」

……ああ希望よ　希望よ　暗闇のなか

ありとあらゆる悪意や絶望にふるえながら
耐えていた　希望よ
きみが顔をあげて立ちあがり
はずかしげに　私を見あげ
ほほえみかけるのを
私は見る

そしてもういちど
目のまえの苦難に　立ちむかおうと思う

ROUTE58

ゆうぐれ
海をみながら
詩のように走るのだ

いちにち
あそびつかれたこどもが
みたされたきもちで
帰るだろう
そうして

夕やけ雲にてらされて
そらがうすあおく
天蓋をおおい
やがて藍いろになずんでいく

ぼくは宇宙をかんじる
音楽のように

そして
とおい故郷の
海ぞいの道を
おもいだすのだ

はるかなる話

離島にも　離島がある
そんな離島にも
大きな大きな　ガジュマルの樹のかげに
小さな小さな　学校があり
教室につくえが　ならんでいる
こちらの三つは　二年生
あちらの一つは　一年生
四人のなかで一人が　女の子で
名前は　「ゆう」

どんな字で書くかわからないが
九九がいちばんできる子だ

悠 優 裕 祐 勇 結 有 夕

こころで書いて
顔を思いうかべてみる

玄関に詩が書かれてある

「さおがまがる
かつおがそらで
とりになる」

ああ　ここにも
いつの時代か知らないが
詩人がおられたのだ
胸を打つ
立派な仕事をされたのだ

たった三行
いや一行だっていい
どこかの小さな学校のかたすみで
小さな子どもたちに
口ずさまれる
詩が
書きたいな

たった一人だっていい
子どものこころに
海のように
空のように
未来のように
ひろがる
一篇の詩を

夜明けの歌

——波照間島　南十字銀河ステーションから

サウザンクロス
ほんとうにそらの果てまで走ったんだな
ちいさな電灯をたよりに　ぼくたちは
……Yさんは写真に光をやきつけている
とうとうここまで　星を追いかけてきて

まよなか　ポラリスの右
中天ちかく北斗がたちあがり

うしかいの麦の星　それからスピカ
右側にゆがんだ台形の　カラスの星座
左の直線を　海へ海へとのばしたところ……

――ああそれならぼくはなにを追いかけてきた？

サウザンクロス　銀河のステーションで
女のひとたちの笑いごえ　さざめき
ぼくたちはそのしたの　のはらで
星をめぐった　あおむけのまま

あのまばらな星の闇が　ケンタウル
そういやこんや　星のおまつりで
だからあちらこちらで　こんなに星がふる

——おっかさんはぼくを　ゆるしてくださるだろうか

ぼくは知りたかった
目でみてじぶんでたしかめ　感じたかった
それを詩にして　歌い
きみに　つたえたかった

ね　蛙はいったい何億万びきいるんだろうか
やっぱり天にむかって
歌っているんだろうか
それとも　ただないてるだけなんだろうか

うしなわれるために　永遠に

夢はあるのかな
きおくは　愛は　いのちのいとなみは

やがて夜明けに全天　星がきえ
もうすぐぼくたちの旅はおわるね
そうして　一夜《ひとよ》一夜《ひとよ》にわすれられる
にどとおもいだせない　夢になるんだ

うしなわれる　きおくをたどる
夜明けまえの　夜の道
きみとわかれて
ひとりゆく
星の道

「ニルス」

あなたが書いたニルスがすきよ
そういってくれた人があった
年うえのうつくしいひとであった

ニルスはぼくがかつてくじけたときに
かかれた詩である
いまもそうしたときに
そっと読みかえす詩である

たとえ
人生がハッピーエンドなんかじゃなく
日々の生活は
つきない徒労にきずついてばかりであったと
してもだ
たとえあらゆる努力は
無力であることのうらがえしであり
ぼくらの人生の不幸には終わりが
なくてもだ

　あなたが書いたニルスがすきよ

そういってくれたひとが世界に
ひとりいたことを

おもいだす
こどもが物語に夢をみるように
ぼくは　日常の
くりかえされる悲しみのなかで
希望を見る

一人

きみの誕生日の日に初めて一緒にいなかった
ぼくはどうしたらよいかわからなくて
その日がいつか
日暮れになって　夜がきても
うろうろして　おたおたして
宜野湾《ぎのわん》のコンベンションやハンビータウン
北谷《ちゃたん》の美浜《みはま》ビレッジをずっと歩いた
観覧車にも乗ってネオンや人混みを眺めたりした
何を買うでもなく何をするでもなく

車を止めてはそこらじゅう歩きまわり
また車を走らせた

ぼくはまったくどうしたらよいかわからなかった
すっかりとほうに暮れたのだ
何かほしいものはありますか
見たいけしきはないですか
ぼくはない
ただいっしょにいたいだけ
ごはん食べたりテレビ見たり
ゴロゴロしたりぐちを言ったり
けんかしたりしたいだけ
そう　どうでもいい
きみの話をずっと聞いていたいだけ

でも今日ぼくは
誕生日の日にきみと一緒にいない
で　部屋に帰ってきて
一人で今もまだ困っている
洗たく物をたたみながら

SOLO

——おまえは　ソロ　だ——

たとえばとおい昔の　銀河の辺境で
アミダラが一人の少年に出会った理由なんて
ミシシッピーの夜明けの森で
ハックがジム・ホリスと出会ったのとおなじくらいに
だれにもとうてい分かりっこないし
きみがいなくなってしまった　はじめての夏
ぼくが荒れた畑地のくさむらで
とほうにくれて立ちつくしていたことだって

世界じゅう　歴史じゅうの
何千億人に　ただの一人だって知りえない

あれは　二〇〇五年の初夏のことだった
もうすぐ五歳になるきみと
フォースの存在について語りあった

――うん　目にみえない力だね
――だれにも　あるの？
――夢とか記憶とか　思いのふかさとかんけいしている

あれから十数年して
きみは大人になり
ここからすっかり出ていこうとしている

みえない力に　みちびかれ
そして　ぼくの知らないところで
ぼくの知らない　だれかと出会い
ぼくのとちがう　きみの物語が展開する

ああ　星の画面に文字がながれて消えていく
読みきれない名前　追いつかない感情
映しだされて　過ぎこした
思いがけない出会い　裏切り　すれ違い
愛　さえもだ　それは　かぎりなく悲しみと似た
いやとほうもない過去や　未来に
ほんとうに　それは　存在したのか　するのか
ひろい宇宙で　無限に繰りかえされた……

……夏の荒れ地に一人　立って思う
「きみもぼくも一人　一人の　ソロだ」

Ⅱ　「アウラ」

深海のザムザ

――鳥羽水族館ダイオウグソクムシ　No.1に――

ぼくを見るな　そんな目で
好奇の　不審の　あわれみの
厭悪の　さげすみの　目で
ぼくを見るのを止してくれ

……彼は悔いていた　そして烈しく恥じていた
あんな鯵の頭なんかパリパリ囓るんじゃなかったと
また彼は思い出そうとしていた

かつて深海の砂礫をトボトボ歩きながら
日がな一日　考えていたことについて

ぼくはたしか街の人ごみを歩いていたことがあった
吹きあげる地下鉄の風に吹かれていたことがあった
駅前の歩道橋の階段を無心に駆けあがり
初夏《はつなつ》の青空に手をかざしたことがあった
……あれはまるで見果てぬぼくの未来のようだった……

それから行きつけのカフェの窓から外を見ていた
そこから見える交差点の信号待ちで
なつかしい　一人の娘が立ちどまるのを
心待ちに待っていた……彼女はちいさなバッグを提げて
水玉のワンピースを着ていた　二の腕が白くまぶしく

まるで天使の羽のようだった

ぼくは来る日も来る日も　あんなにも
きみを待っていた　数えきれない人波の流れのなか
きみ　たった一人が　小鳥のように通りすぎるのを
ただ一心に……

それなのに　ある朝　目がさめたら
ぼくは　虫になっていた

……水族館のちいさな水槽のくらい電灯のしたで
彼はハッキリ思いだしたのだ
それから　五年もかたくなに拒み　耐えていた
空腹と　視線と　屈辱に

時おり　人知れずちいさく威嚇してみせることさえあった

そして　心のなかで　ぼくはもはや自分のだか
人のだかわからなくなった記憶や
すべてあり得たこととして願った願望まで　ないまぜにして
明け暮れなんども嚙みしめつづけたんだ

それともこれは昔みたかなしい夢だったのでないか
あるいは映画か小説のなかの出来事でなかったか
それにしても背中がおもいな　いや腹だったか
胸だったか　頭だったか心だったか　心か
心はぼくの　どのあたりなのかな

……彼は　今朝がた　ほどなく

死を迎えようとしていた　くらい電灯のしたで
最後の思索をめぐらしていた

たぶん飼育員は　ぼくの死骸を見つけて
悲しんだり　あるいは悲しんでみせたりするだろう
それから　ランチのサラダをパリパリ食べながら
恋人に　うすく笑ってみせたりするだろう

それからほんのいっとき　テレビニュースにながれ
無味で奇妙で　つまらない動画となって
世界に配信されるだろう
やはりなんども　悲しまれたり笑われたり
世評になったり憶測されたり論議をよんだり

学者も理科の教師も　子どもたちも　大人も
いっとき訝り　また僗み　しだいに忘れ　忘れはて
……ときには珍事として口の端にのぼることがあっても……
目の前の　しさいな雑事にまぎれてしまうだろう

世界はあきれるくらい　意図とか意志とかなにもなく
ぼくらは無縁の点状に　ばらまかれている
おわりのない時間のなかで　すれちがわされている
別々の　軌道の途上でけしてまじわることがない
つまり永遠のねじれの位置にある　かなしいくらいに

今日も見しらぬどこかで　あの娘はかろやかに交差点をわたる
虫になって　死んでしまった　ぼくのことなんて
まったく見しらないままに　ああ

ピダハン*

だが、私は　数えない
世界に神など　はじめから無く
だから　私に　死後はない

おお　森の樹木の　一つ一つ
その樹上を飛ぶ鳥獣類の　一つ一つ
その爪　その歯牙の　一つ一つ
その逃げる木に繁る葉の　一つ一つ
その葉脈のかげに走る虫類の　一つ一つ

その前脚　後脚　触角や棘棘の　一つ一つ　の
そのすべてが　複数ではない
それぞれ無二の一つ一つ　で
同時に　とどまりのない時間のなか
日ざしや雨の粒子のごとく
生滅増減をくりかえす　一つ一つ

たとえて言えば　夜空の星のように
それぞれの単数が　無数に散らばっている

　見ているのは　私ではない
おお　世界が　私を見つめている

ふる雨のなか　しずかに　しずかに

おもたく　ふかく　マイシの川の水底《みなそこ》に
沈んで　巻かれて　溶けていく
無数の　単数　満ちたりた幸福
過去も未来も　無い至福

おまえはおまえの神に祈れ
言葉は　光などでない
音であり　口笛であり　歌である
神はなく　森があり　マイシの魚がある

Baixi　よ　あいする Baixi　よ
あなたが死んでも　世界は　ある
それが私でも　世界は　ありつづける

おお　この森のなかでは　愛さえも消えて無くなる
一つ一つ　の　愛
一つ一つ　の　愛
一つ一つ　の　愛
かぎりない無数の　一つ　と　無
その集積が　この世界

おお私は　このうえなく幸せだ
世界が　そうであるように。

ピダハンよ　ピダハンよ
僕はJapan　で死に耐え、生を耐えている
過去と未来の　永劫の
悲しみのなか

神に願い　死後を想い
何かを　数えつづけている

＊　ピダハンは、アマゾン川の支流の一つであるマデイラ川の支流マイシ川沿いの四つの集落に生活する四百人ほどの人々である。ピダハン語は、音素が極めて少なく、口笛や鼻歌にもでき、それで会話することもできる。数や色彩を表す言葉がないなどの特質もあり、人類の言語の原初について考えさせられる点でも注視される。なお、Baixi　は「親」を表す言葉であるが、彼らの言葉に「父親」「母親」にあたる言葉はない。

「アウラ」*[1]

「友よ
あの三日月　いつかおまえと森で見た
あの三日月と　似ているな
わたしは今夜　クンビアイ*[2]になって
あの森に　帰るだろう
それから　ジャガーか　狩り蜂か
蟻の群れる木　あるいはタンガラナの木に
なるだろう
走る鉄の箱から眺めた

町の電飾　おどろいたな　まるで星のなかに
迷いこんだみたいだったな
おまえとの最後の旅
三日月の夜　わたしたちの最後の夜……」

友よ
まよなかに　思い出した
マヌ　マヌ　オッキン　モミーン[*3]
あんたがとおくへ逝ってから　何百の見しらぬ夜を
おれは一人で　見おくった
かみ鳴りみたいな　火花が散って
ピタピタ[*4]　ピタピタ　鉄の矢が
おれたちの　父母　女　子どもの腹まで
突き刺した　雨のなか　見たことのないような

血がながれた　いたみとなげきと
恐れにふるえ　森を
　オティマノエ　ムクイン*5
なんにちもなんにちも　二人で歩いた
　オティマノエ　ムクイン
なんどもなんども　かたりあった
「あの雨の夜　みんな血をながして死んだけれど
キヌバネドリや　キツツキや
土蜘蛛にも　タンガラナの木にだってなれやしない」
――いやじつはおれももうそうは思っていないんだ
森のなかでは　おんなじように
日が暮れ夜ふけて　夜が明けて
みな今ごろは
きっとなにかに生まれて戻っていることだろう　だけど

おれは一人で
いつかほんとに「アウラ」になって
森にも帰れない　どこにも帰れない

＊1　一九八七年、アマゾンの森深くから二人の素っ裸の男が忽然と現れた。彼らの話す言葉は、どの部族のものとも異なる未知の言語であった。二人はブラジル政府によって「アウラ」と「アウレ」と名付けられ、あちこちの居住地で揉めごとや事件を起こしてはたらい回しされた。彼ら二人きりの会話はとめどなく続いたが、言語学者にも結局多くの言葉は理解されていない。ただ繰り返される話から、二人の村は文明人によって虐殺にあい、彼らのみ生き残ったのだと推察される。二〇一二年九月三日月の夜、「アウレ」が町の病院で病死した。以来「アウラ」はまさに天涯孤独で、現在も村で暮らしている。
＊2　「クンビアイ」……不明の言葉。鳥か。
＊3　「マヌ」「オッキン」「モミーン」……それぞれが「死」を表す言葉。
＊4　「ピタピタ」……矢の刺さる音を表す。
＊5　「オティマノエ　ムクイン」……長い間、二人で歩いた。

蛙ノ兵隊ノ唄

――日照りの雨に――

蛙の兵隊　討ち死にじゃ
ばったの神さま　ミドリ色
菜の花ばたけで　落ちあって
ひしゃげた自転車　逃げてゆく

毛虫の大将　突撃じゃ
ガソリン焚き火で　使い切り
日がな一日　無駄骨じゃ

退路絶たれた　夕間暮れ

蛙の兵隊　討ち死にじゃ
何処まで行っても　ヒデリ雨
たたずむカサは　骨ばかり
帰り道など　無かりけり

面影とうに　朧げじゃ
愛なき愛の　暗《くら》の暗《くら》
夢なき夢の　闇の闇
ブロック塀で　一くさり

蛙の兵隊　討ち死にじゃ
そらに尖った　杉ばやし

雨にわろてる　藤のはな
熊蜂きょうは　お休みじゃ
………

見えない闇

――『東京喰種*』より――

喰ベルナ　ボクヲ
喰ベルナ　ボクノ　過去ヲ

東京は　真昼間でも　闇そのものだ
病気で　猟奇的な　見えない闇が
しんしんと　しんしんと拡がり
拡がりつづけているのに　だれも気づけないんだ

喰ベルナ　ボクヲ
喰ベルナ　ボクノ　友達ヲ

闇のなかから　凝視めている　多肢節足の
いんびな死が　そこいらじゅう
蔓延っているんだ　おろおろと
地中の蟲どものように　つめたい触手のように

止セ　ボクヲ　喰ベルナ
ボクノ　臟腑ヲ　喰ベルナ

喰う女の目　喰われる男の舌
喰う男のゆび　喰われる女の腹
喰った者が　喰われる者に

喰われた者が　喰う者に　へんげするんだ

喰ベルナ　ボクヲ
喰ベルナ　ボクノ　光ヲ

そして人生は　暴かれるんだ
あがないようがない　罪のように
かぞえきれない無縁の孤独を　闇が
貪り　奇態にぶくぶく膨れあがって……

「それでも、
まだ　喰うのか。」

＊　石田スイ著　集英社

海百合の話

海百合はあるいて逃げた
六億年の大危機のたび
身を斬る思いで逆さになって

先カンブリアのうみから
紀伊水道のとりのあし
西方ごくらく浄土の海底だ

ざっと七億三千万年前には

地球に星がふりしきり
全球凍結《スノーボールアース》したこともある

海百合はかんがえていた
炭素からＤＮＡがらせんに
蠢いてふるえてのびていく

夢みていたと言ってもよい
なんと六〇〇〇〇〇〇〇年だ
昏い海の底から見るひかり

またぞろ奈落の夜がきて
きぼうのような朝をまち
何やら思いだしかけた事があったのだが

くる日もくる日もかんがえて
ひがないちにち揺れていた
あれはいったい何だった？

そのあれはいったい何だった？

陰鬱なる

かの室生犀星氏のたまわく
わがゆく道はいんいんたり
繚乱たるさくらのしたの
さくら吹雪のなかにいて
ぼくはおもっている
みやこはとおく
ふるさともとおいと
むべもなく
おおいなる煙突から

けむりはもくもく
けむりはもくもく
ひがな一日もくもくもくもく
あれは気体ではなく
みえない固体のふんじんで
いくおくせんまんそれ以上
世界にひろがる黒いもの
いわば消えてゆく言葉でなく
こころのそこにふりしきり
たいせきして
泥炭のごとく火のごとく
はげしくはげしくねむるもの
嗚呼かくてわがこころにも
もくもくもくもく

もくもくもくもく……
されど今日ひがな一日
繚乱たるさくらのしたにいて
いんいんとして
陰鬱なる

カンラン車ノ唄

――故郷遠望――

休コウ田ニ　秋ガキテ
タダ冬枯レテユキマシタ
日暮レハ早クサムザムト
ボウボウ落胆シテマシタ
寒風《カンプウ》ニクログロト佇ツ鉄塔
ドコカ間抜ケテオリマシタ
ススキ野原ニオミナエシ

サビシクユレテオリマシタ

マワレマワレ　カンラン車
ヤマザル雨ハ　ヤマザルカ
見ハテヌ夢ハ　見果テヌカ
マワレマワレ　カンラン車

蜻蛉ハ何処《ドコ》ヘ行ッタヤラ
古イ土留《ドド》メノカタブイテ
陰ノ小ゼキノ涸レハテテ
泥土《ディド》ノ底ニ　プクプクト
哭キシブク蟲　タエザルカ
空ハ田野ニ　垂レコメテ

農道ワキノ　石ボトケ
草ニ埋《ウ》モレテ　眠リケリ

マワレマワレ　カンラン車
マワレマワレ　カンラン車
失意ノ鴉　マダ飛ブカ
悲惨ノ舟ハ　マダ航《ユ》クカ

電信柱　ビョウビョウト
ウツウツ進ム　杉バヤシ
谷間ニ入ッテヒトクサリ
丘ニノボッテフタクサリ
古ボケタ空　ウガツモノ

色アセテ　タダ撓ムモノ
昏イ苦渋ニ　沈ムモノ
シワブク風ニ　失セルモノ

マワレマワレ　カンラン車
マワレマワレ　カンラン車

……

拾遺

永遠ノゴトク　ウチ続ク
田ナカノ小道　タドル夢
思イノカケラ　クダケ散リ

小雪ノゴトク　降リシキル
燃ユルガゴトキ　紅葉山《モミジヤマ》
燃エルノデナク　枯レルノデス
アナタニ　イチド見セタイト
告ゲタカドウカ　告ゲタノカ

今更ナガラ　サリナガラ
思エバ　無為ナ日々デシタ
徹夜明ケシテ　徹夜シテ
手紙ハスベテ　燃シマシタ

マワレマワレ　カンラン車
マワレマワレ　カンラン車

カンラン車ノ唄　3

——北谷《チャタン》暮景——

マワレ　マワレ　カンラン車
コノ世ノ嘆キ　身ノ憐レ
夕日ハ　海ニ零《コボ》レタリ

マワレ　マワレ　カンラン車
ネオンハ世界ニ　ナガレタリ
英文字赤シ　血ノゴトシ

マワレ　マワレ　カンラン車
運河ハ　昏ク灯《ヒ》ヲウツシ
女ノユビノ　蒼白サ

マワレ　マワレ　カンラン車
死ナラバ何ダ　露ホドノ
死ナラバ何ダ　露ホドノ

マワレ　マワレ　カンラン車
ヘメグル闇ノ　只中ノ
内空　外空　内外空

マワレ　マワレ　カンラン車
マゴウコトナク　下ラナキ

人生デシタ　ソウデシタ

マワレ　マワレ　カンラン車
母ハ　優シキヒトデシタ
断チ切レナカッタモノデシタ

マワレ　マワレ　カンラン車
空ニ一点　南極老人星《カノープス》
蛇ニ嚙マレテ　死ニニケリ

マワレ　マワレ　カンラン車
マワレ　マワレ　カンラン車
…………

哀調

わたしは過去は歌わなかった
けれど今朝　せつせつと降りしだく初夏《はつなつ》の雨に
はてのない哀調を思い出していた
たとえて言えば
死んだ父の若い日の
その腕に抱かれたわたしの
五歳くらいの写真だ
それはまるで物語の始まりだった
少年時代に初めて行った村ざかいの

暗く湿った隧道を通るような
廃校の中庭に錆びたまま眠る遊具のような
あじさいのような　セロのような
ふるいアルバムに挟まれている黒白フィルムのなかの
止まった時間のなかで
何故わたしは泣きべそかきかけた気難しげな目で
こちらを見続けているのか
……聴こえてくる
そこらは古いアメリカの音楽が物憂くながれ
はてしない哀調につつまれていた
（ああ　くだらない草ぼうぼうの廃村の
廃園にありきたりの夏風がふき
ほったらかしの樹々をざわざわ鳴らしている
野放図に帰化した野花たちが揺れている

田舎の白茶けた旧国道を阿呆のように
　古びた車たちが行き過ぎる　まるで過去のごとくに）
父よ
それでよかったのか
あなたの生まれた夏がきて
いちめん青みがかった夏げしきのなか
わたしはまた俯いて歩くだろう
ときどき顔をあげては空を見るだろう
そうして夏はまた過ぎるだろう
ほんとうは　特別なことなど
何もなかったのだと

Ⅲ　虹のような日

虹のような日

ひょっとして　ぼくが手にした一篇の
名もない詩が　だれかの人生の
そらに　すっと一条《ひとすじ》　にじをかける
まかふかしぎなちからをもって
いるかもしれない
そんなたわいないざれごとに
ひとり　胸をあたためる日が
あってよいのだ

なにもかもが　徒労であったと
うらぶれて　とぼとぼかえる
ゆうまぐれ

都会のこんなビルのはざまに
こぢんまり　おきわすれられたような
神社のまえのベンチにすわり
ふるい　小さな
かみさまと　はなしてみる

ああ
ちいさな神さま
ちいさな神さまよ

蟻と数式

父さんと母さんが部屋を出ていって
ぼくは九階のベランダから
ずっと見ていた
アリンコみたいに小さくなって
路地をガラガラ
スーツケース引っぱって
歩いていくのを

みどり色のコンビニのかどを曲がって

見えなくなると
今　ぼくはこの世界で
たった一人のぼくになり
たとえこの街で
何十何百万人ひしめきあおうと
たった一人のぼくである

西日が向かいのマンションの
ベージュ色にあたり
ちらちら春の
小雪が舞いおりても
ぼくはチョコパイぱくつきながら
昨日やってみた微分の応用や
今日知った物理の数式をいじってみる

闇のなから

この宇宙をみたしているのは
きみょうむりょうの
光なんかではなく
はるかに巨大な
はてもない
無間《むけん》の闇であると

たとえて言えば
こころ　とか

そして　その闇を
ひたむきにつらぬく
ものがあり　その
ひとつひとつが
いまみている
無数の星であると

たとえて言えば
愛　とか

ポエジイ

パン屋の隅のテーブルで
コーヒーを飲みながら
きみのことをおもっている
寺町のくろい板塀わきを
足早に歩きながら
きみのことをおもっている
緑いろのコンビニ前で

信号が青にかわるのを待ちながら
きみのことをおもっている

公園の四角いベンチに座って
雲がうごくのを眺めながら
きみのことをおもっている

地下鉄の長い長い
長いエスカレーターを下りながら
きみのことをおもっている

読みさしの小説の頁をめくる
手を止めたまま
きみのことをおもっている

赤ん坊を抱いた
年わかいちいさな母親とすれちがい
きみのことをおもっている

ドラッグストアで紅茶のボトルを手に
レジに並んで
きみのことをおもっている

本屋の本棚の背表紙の文字に
こころをなんどもとめながら
きみのことをおもっている

ファミレスでおさない姉弟の

とりとめのない話を聞きながら
きみのことをおもっている

駅地下の階段をのぼり
青い空のうつくしさにおどろいたとき
きみのことをおもっている

ELSA

夫婦50割引で
映画のチケット買って
ポップコーンセット持って
大こんざつの人ごみのなか
ぽつんと　きみを待っているのも
いいものだな
「アナ雪」の続編
最初のやつは家族四人でみた

たぶんあれが最後の映画だった
子どもたちは大人になりかけだった

五年たって
二人とも一人立ちしようとしていて
ぼくらも相応に年をかさねて
こうして二人
映画をみている

今ごろ子どもたちは
研究室で物理の講義を受けたり
パン屋のカフェで恋人と
ランチを食べていたりするのだろう

ＥＬＳＡの魔法のみなもとは
過去の記憶や
人とのつながりだった
つづめて言えば　たぶん
愛だった

とかなんとか映画館でて
きみとあれこれ論じあうことなんて
まあないけどね

ジャコメッタ

――聖バレンタインデーに――

ジャンデュイヤは
古いイタリア喜劇で出てくる
正直な農民というやくどころだそうだ

ぼくはつねづね
チョコを発明したやつは
火薬や印刷　自動車　コンピュータの発明者に
ひけをとらない大天才だと
思っているんだが

そのせいで
ずいぶんにがい思い出
ほろにがい思い出
あまい思い出　こもごもの
思い出がある
日本じゅうにあるんじゃないかな

で　今年も　たった一つだけ
もらったんだが
日曜日　だれもいない仕事場で
パソコンのキーをたたきながら
ちいさな箱を開けて
説明書を見ると

一つ一つそれぞれに名前があることに
はじめて気がついた
ジャンデュイヤ　というやつには
薔薇の花輪のなかに　白文字で
charm & gratitude
と書いてある
調べたらまあ「感謝」の意味らしい

ああ　あ　ぼくは感謝する

ジャンデュイヤ　彼は
「ワインと美食
　きれいな娘が好きだけれど
恋人は　ジャコメッタ一人だけ」

夢のなかで言った

土砂ぶりの路地をきみとあるいて
せまっくるしい道だからくっついてさ
車で来りゃあよかったねなんて言って
実家についたら玄関はなんと雨もりで
でもお義母さんも御祖母さんも元気でさ
あいかわらず昔のように
ぼくの世話なんかしきりにしてさ
きみは届けもののサカナかなんか
台所で手ぎわよくさばいてさ

ぼくはタオルで頭をふいて
また玄関からでてこれから帰るんだけど

こりゃ夢だな　夢だ
だってきみは
現実のきみより結構わかい感じがするし
ぼくだってそうだ
たぶんこれがぼくのイメージなんだろう
なにせ子どもたちもまだ小さいし
まだ小学校あがるまえだって設定で
つまり夢のなかだから
いやたぶんぼくも忘れっちまうだろうし
きみだって夢のなかのきみだから
で、夢だから言うんだけど

やっぱり　あの
ぼくは　きみがすきだな

夢だから
きみの肩をだいて言うのさ
ああ　ぼく　やっぱり
きみがすきだな
きみはこんなときだけってなじるけど
ぼくは夢のなかだって分かって
言うのさ

Ⅳ　リーリヤへ

わたしをうて

うつな　わたしを
武器をもたず　おびえている
わたしらのこどもたちをうつな
うつな　わたしたちの自由を
やっと手にできた　自由をうつな
うつくしく　つましい麦のくにで
きょうも青空がひろがっているじゃないか
教会の鐘がなりだすのをまっているじゃないか
けれども　もしも

わたしが武器を手にしたならば
やはりわたしは　きみをうつだろうか
としわかいきみを
わかれもつげずに戦場にかりだされてきたきみを

……わたしたちはたがいにおびえている
　みえない距離を　闇のなかで
　まぢかにむきあいながら……

三月の雪がまばらに
ゆくての荒野にも　れきしある街路にも
あおじろくとけのこっている
春はちかいようでとおいのだ
世界じゅうのいなかや耕地　まちかどやみなとや

野みちや裏みちでもそうだろう
きょうもこごえてひもじい
みしゃくのない夜がくる
だから　むねにおもう
春は　とおくから
ああ　ものすごくとおくからだが
きっとやってきていると
だから　うつな　この子たちを
つよくてやさしい　若者よ
あついなみだをもつ若者よ

……そうか　それでもそれが
きみの職務と　いうならば
よろしい

わたしをうて

蛇

蛇をいじめてはいけない
あれはむかし女であったかもしれないから
むやみにいみきらってはいけない
蛇はああしてじめんをのたうちながら
くらいつちのなかでねむりながら
ちいさないきものをとらえては
ほそいのどのおくにのんでしまいながら
ふかくふかくかんがえたり
ふいとなにかをおもいだしたりして

とほうにくれているのかもしれない
だから蛇を
ぼうでこづいておいまわしたり
ちいさなあたまをつぶして
ころしてはいけない

あるいはあれは
むかしあわれな男だったかもしれない
にくしみやよくぼうにおちて
ひとをころしたり
女をきずつけたりしたむくいで
へびにけしょうしたのかもしれない
そのためあけくれひがないちにち
おかしたつみをのろいながら

くやんではなげき
くらやみにかくれてにげて
ないてばかりいるのかもしれない

だからほらほら蛇の目は
なんだかわたくしたちを
じっとみつめてはいないか
もののけのごとくねたましく
ときにはみほとけのようにじひぶかく

それだからにんげんよ
そんなに蛇をいみきらい
いじめてはいけない

「白夜」もしくは「罪と罰」

ぼくはいちどだけロシア人と話したことがある
音楽家をこころざしている
わかい女性だった
それは二十一世紀になってまもないころだった

すずしげなまなざしで彼女はおしえてくれた
ペテルブルクの夏はうつくしいと
そこは花の咲くみなと町で
道ゆくひとは花たばをたずさえていると

かたことの英語でぼくはたずねた
けさ中学三年生と万葉集を勉強しました
明日は古今集を読みます
ロシアではクラシックを勉強しますか

かたことの日本語で彼女はこたえてくれた
はい　ロシアの学校では
おなじくらいの少年少女が
「罪と罰」を三ヶ月かけて読むのです

……ああ　チャイコフスキーの　あの
アンダンテカンタービレ*のことだとか
晩年のチェホフがクリミアで傑作を書いたとか

失意のわかいラフマニノフを励ましたとか

ぼくは学生のころ「白夜」を読みました
ペテルブルクの街なみと　夏の景色を
人の一生には　かけがえのない
永遠にまさる一瞬間があるのだと……

それから　またたくあいだに二十年がたってしまった
あのひとはどこの町でどんな暮らしをしているだろうか
まもなくまた　六月だ
ぼくはまだ「罪と罰」を読んでいないというのに

＊　弦楽四重奏曲第一番第二楽章。ウクライナのカメンカで聴いた民謡の旋律から着想されているという。

泣くなドミトロ

最後の夏
もうめぐらない夏
ああこれがぼくらの最後の夏になるなんて

ドミトロ
ユリア
アナスタシア
ミハイル
ユーリ

ビクトル
セルギイ
オルガ
イワン

ぼくは死んだからもう夏はこない

来年の夏またあえるといいねと言ったのに
はじめて飲んだソーダ水
どこまでたかくボールを蹴れるかとか
海を見にいく約束　噴水のそばに座って
それに女の子の二の腕のまぶしさとか
そういや八月二十四日は独立記念日
とうさんは誇らしげに言っていたけど

夏はもうこない

イルピンのうつくしい街路で
ブチャの教会の裏地で
マリウポリの劇場で
ヘルソンの放送局で
チェルニヒウの少女の家屋で
イジュムの集団墓地で

名もない遺体が三〇体

あの日　あなたは
母をじゅうりんし　娘をけがし

父をころし　息子たちに耐えがたい
屈辱をあたえた

そしてぼくは死んだ
ぼくはもういない
こどもだったのに　やりたいことがあったのに
夢もあったし
描きかけの絵やそれに算数の宿題だって
まだあったのに
なのにもう死んだんだ
あの日　おかあさんも死んだとおもう
ひどいめにあって
ぼくはなにもできなかった
ああ鉄橋をわたって

見たどこまでも青いそら
それはすばらしい高架橋で
未来の街がつくられる
予感がいっぱいだった

なのにあんな下らない　汚らしいおとこに
ぼくのかあさんが　美しいかあさんが……
そして立派で男らしい　優しいとうさんが
ひざまずかされ　あざけられ笑われて
撃ち殺されるなんて……

泣くなドミトロ
父さんはおまえを愛した
死んでしまった　おまえを

あの日　父さんは
あのおとこたちにこづかれ
はずかしめられ
何発も銃弾を撃ち込まれて
あわれなけものみたいに殺されたが
それでもおまえのことを思っていた
死ぬまで思っていたんだ

あの野卑で軽薄で
淫靡で傲慢なおとこたちは
裁かれることはあるのだろうか
だれにも知られず
うもれていった屈辱を
人のこころに刻みつけることはできるのだろうか

ああかくて　わたしたちにくりかえされた
おろかで　かなしい夏だ
そうだ　こんな人類の歴史のなかの
いまわしく　痛ましい　夏の
ウクライナだ

いないひと

いないひとがふえている
まちじゅうで
くにじゅうで
ぼくらのまわりで
なんともきてれつな話だが
真実《ほんとう》だからしょうがない
たとえば職場であいつがいない

家では父がいない

妻に聞くと
あらお父さん三年前に亡くなったでしょ
すると　母がいない
今朝たしかにぼくの朝食を準備して
急に冷えて秋になったとか言っていたのに
こわくて妻に聞けない
もしかして子どもたちは
なに言ってんの　二人とも
トウキョウに行っているでしょ
そうだっけ　いやそうだった

あのひとは？
ほら半年まえにせんそうに行っただろ
あのひとは？

ひと月まえにどこかに連れていかれたろ
あのひとは?
三日まえにこくがいににげただろ
窓の外ひどい土砂ぶりで
まるで世界じゅうが土砂ぶりのようだ
ある日　会社にどこを探しても
ぼくがいなくて
そして動てんして　泡くいながら一目散に
家にかえったら妻までもが
いなかったらどうしよう
世界じゅうさがしても
ぼくがいなかったら
いったいぜんたいどうしよう

リーリヤへ

リーリヤ
わたしはただしかったか
まちがっていたんじゃないか
アカシアのしたできみのことをおもっている
八月の
やけのこったアカシアの樹に
季節はずれの花がさき
きみのことをおもっている
わたしはもう

きみのところに帰れない
リーリヤ
きみの髪の毛をおもいだしている
きみが笑った顔や怒った顔
泣き顔をいま　おもいだしている
わたしはまちがい
罪をおかしたとおもう
こんなところにくるんじゃなかった
わたしが撃ったあの榴弾は
おんなやこどもを殺したとおもう
としよりや
父や
母を殺したとおもう
そのためにたくさんの血がながれ

涙をながした人がいるとおもう
しかし
わたしはまもなく死ぬ
わたしの胸もつめたくて　血がとまらない
やけたアカシアに花がさいている
アカシアの香りがわたしはすきだ
そしてきみの香りをおもいだしている
いつかきみに書いた詩を
おもいだしている
きみに贈れなかった詩
とてもみじかい詩だ
いやほんとうはながかったんだけれども
いつかみじかくなって
わたしはそれを

なんどもくちずさんだ
ああいま　あの花屋のある街かどで
きみがわたしにふりかえり
なんて言ったか
おもいだしているんだが
おもいだせない

ロザーナ
きみのことをおもっている
わたしはまちがってはいなかったか
あのおとこは
わるい人間ではなかった
アカシアのしたで泣いていた

わたしは撃った
はんときまえ
憎しみのほのおにまかれ
かれを邪悪な狂信者と
おもって撃った
肩と足と　腹を撃った
それからかれは泣きむせび
おんなの名をよんで
神にゆるしを乞い
悔いていた
ウクライナ人を
うらんでいなかった
こえをあげて　泣いていた
かれを　わたしは

めめしくおもわない
あやまちを悔いて
ゆるしを乞うことは
けだかく　勇気あることだから
ロザーナ
しかし　わたしは
まちがっていたんじゃないか
季節はずれにさいた
アカシアの花の香りのなかで
きみのことを
おもいだしている

もしも戦争がおわったら

もしも戦争がおわったら
そうだな　サッカーをみにいこう
みずいろの国立スタジアムへ
雪がちらつく夜だけど
ぼくの胸はこんなに熱い
そう走れるならサッカーを
みんなでやってもいい
パスをまわしてさ
ゴールキーパーのいなくなったゴールに

おもいきりシュートするんだ

スケート場もいいわね
感動をわかちあうの
はなやかなステップにひきこまれ
たかくゆうがなジャンプに一喜一憂して
音楽はそうラフマニノフがいいわ
会場いっぱいのスタンディングオベーション
そしたらわたしうでをあげてこうやって
クルッとたかくとんでみせるわ

おいよせアメリア
砲撃がちかい
いまだから言っておくが

人生は美しくもなく　本当は
うまくいかないこと哀しいこと
嫌なことばっかりだ

わかってる　姉さん
もうぼくはゆうれいで
父さんからはみえないんだろう
それに姉さんの声
むかし夢でみた天使の声みたいだ
どこか母さんの声にもにている
だからぼく今夜
だれもいないこわれたスタジアムで
サッカーをやるんだ
ゴールまで走ってシュートをかっこよくきめるんだ

ああぼくミハイルをよぼう
あの日となりのミハイルの父さんは
ぼくと母さんを殺したけど
ミハイルはわるくない
うらんじゃいないよ
だからいっしょにサッカーをやろう
いつかはなしていたようにさ
二人でゴールをきめるんだ
ヴァレリーがとめたボールをうけて
全力でドリブル
走って走って走って
最高のクロスパス
そしてシュート……

もしも明日《あした》
戦争がおわったら
ああなんてすてきだろう
ばくげきがとまらなかった
二〇二三年がおわり　世界じゅうで
ああ　東からいま
二〇二四年の
夜があける

たとえば千年

たとえば千年
雨が
ふりつづけたら
いちどもやまずに
ふりつづけたら
せかいは
うつくしく
生まれかわれるだろう

とある日
とうとうはれた日が
おとずれるのだ
そのときそらに
とてつもなく
おおきな虹が
あざやかにかかるだろう

それをみるひとが
だれひとりいなくても
虹は
このうえなく
うつくしいだろう

あとがき

詩集『一遇』を出して十年が過ぎた。この間に、家の祖母と父の死があった。また、沖縄普天間中学校での生活を経験した。秋田から一歩も出ることのなかった自分にとって、この生活は劇的で、今もまぶしい思い出に包まれている。その後、縁あって仙台の町を繰り返し訪れることになった。詩集名『虹のような日』は、美しいこの町で考えたものである。

気恥ずかしい話だが、詩を読んで、声に出して読んで、熱い想いに涙がこみあげてくる、……それは遠く懐かしい、たしか子どもの頃なんども感じた記憶がある、……そんなかなしみや愛しさのなかで、詩を書いてみたいと思うのである。

たとえて言えば古い弦楽の、声に似て、声に近いが、それ以上に胸のふかくに根ざしたもの。……「現代詩」からすると時代錯誤で、陳腐な児戯と嗤われたっていい。私は、そうしたものが胸にくすぶっていることを、恥じながらもいとおしんでいる。

すべては忘れられてしまう一つ一つのことには違いないのでないか。系外にあるという惑星や消失した彗星のこと、むろん深海の底に棲む虫一匹のことなどなおさらで、密林に暮らす人たちやその理解されない言葉のことも、ほんのいっとき幾たりかの口の端にのぼったにすぎず、まして遠い昔の銀河の辺境のことや雪の女王の話、神話も童話もクラゲの話も、何もかもはかないよしなしごとで、やがては虚しく霧散し何処かへ消えてしまうものなのだと思う。

たとえば、コロナ禍の始まった頃にだした『野擦《のすり》の歌』というソネット集がある。「のすり」は私たちの田野を飛ぶ中型の猛禽である。群れることなく中空をかけて野を擦りながら鼠類《そるい》ばかりを追い、耕地にたつ棒っくいか何かにさびしく止まっている。……二十五歳から三十年をかけて書き継いだ、あの表現の総体にまさるものを私は二度と書けないだろう。それもまた今ふり返れば、わびしく涸れた野面《のづら》にひとときかかった「虹」のような記憶と思う。

この本は、それとおなじ時期につくりはじめて中断していた。戦争が始まる前だった。三年を経てコロナ禍は収束のきざしが見えたが、戦争はバフムトを巡る戦いが泥のように続いている。最終章は私にできることが何かないかという思いで書き継いだ。このようなことは実は初めてである。

こんどこそこれが最後になるのではないか。もう一行も書けなくなる。書かなくなってしまう。その恐れのなかで書き継いできた。だから書く場所をいただいた「北五星」と佐々木久春先生には感謝が尽きない。私は師に恵まれたと思う。亡師佐藤博信も、「地球」の秋谷豊先生もそうだし、訪ねてお話をいただいた数人の詩人たちは忘れがたく、その言葉とともに今も胸に生きている。

そしてこのたび編集の助言をいただきながら我が儘な注文を重ねた土曜美術社出版販売の高木祐子さんには、何と感謝したらよいかわからない。たぶん初稿を送ってから三年以上も音沙汰なくほったらかしたのだから非礼にもほどがある。まったく私は常に茫洋として身勝手に生きてきた。だからやっぱり妻や家族にはかぎりなく感謝したい。つきつめて言えば私は今日着ていく服さえよく分からない。

また夏を迎えている。街や山野に花が咲き、数え切れない葉が生い茂る。若葉から青葉に変わっていく、ひたむきな生命《いのち》や青春を思わせる、夏が好きだ。そして私は、あと何回こうした夏を迎え、見送るのだろう。

名掛丁の小さな木陰のベンチに一人座り、通りを歩く人たちを見ている。一人、または二人、かくして人の関係の基本は二人から始まることを見ている。私は、ずっと一人だった。だが、今は、たとえ一人であっても、いつでもだれかもう一人の影のような存在を感じている。そして、いつでも、その人に語りかけている。

詩は本質的に声ではないかと思う。ほんらい私情を肉声にして歌ったものだったと思う。情報過多となった現代社会にあって、それはつまらない他人の繰りごとに聞こえるのかもしれない。情報が時代を、世界じゅうを席巻している。まもなく生成ＡＩが学校の詩の宿題を書き、コンクールで入選する日がくるだろう。しかしだからこそ私たちの口ごもった告白や声にもなりえなかった囁き、たえない嘆きが詩として結実することの価値があるのでないか。

私の詩を読んでくださった人に、奇跡的な出会いを感じる。私はまごうことなくデクノボーみたいな人間である。相当に駄目なほうの部類である。今、あなたに、無上の感謝を捧げたいと思う。

この数年来、語り手を複数に拡大し声を重ねる試行をして気が付いた。それは臨場感をともなう物語的で劇的なものだ。そうしたものを書いてみたい。ただ一篇でもいい。同じテーマで何度書いたっていい。その総体を一篇としてもいい。「ぼくは声を重ねたい。とおく見知らぬ人でいい。あなたと声を重ねたい。それこそがぼくの詩だ。今でなくてもいい。たったいちどだっていい。」

二〇二三年六月二十五日

見上　司

著者略歴
見上　司（みかみ・つかさ）

1964年12月生まれ

詩集『一週』（2013年）
　　『野擦の歌』（2020年）

詩誌「北五星」同人

現住所　〒018-2104　秋田県山本郡三種町鹿渡字諏訪長根
　　　　　　　　　　山根40番地1

詩集　虹《にじ》のような日《ひ》

発　行　二〇二三年十二月十日

著　者　見上　司
装　幀　森本良成
発行者　高木祐子
発行所　土曜美術社出版販売
〒162-0813　東京都新宿区東五軒町三—一〇
電　話　〇三—五二二九—〇七三〇
FAX　〇三—五二二九—〇七三二
振　替　〇〇一六〇—九—七五六九〇九
印刷・製本　モリモト印刷

ISBN978-4-8120-2810-0　C0092